"瓦尔登湖"艺术笔记

[美] 亨利·戴维·梭罗 著

杜先菊 译

人民文学出版社

梭罗这人有脑子
像鱼有水、鸟有翅
云彩有天空
——海子

我房子里有三张椅子；第一张是给孤独的，第二张是给友谊的，第三张是给交往的。

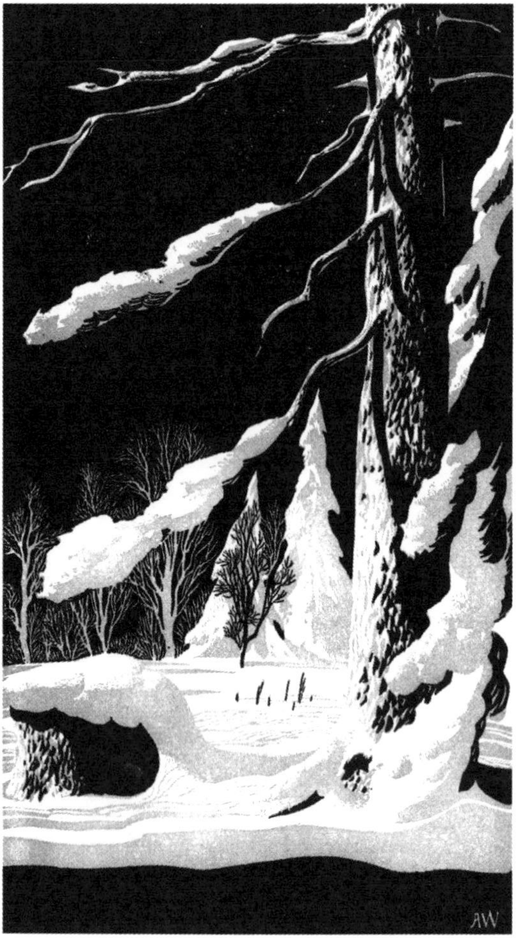
AW

我希望面对生活中的事实,面对面地观察关键的事实,也就是上帝希望展示给我们的现象或真实,于是我就到这儿来了。生命!谁知道它是什么,它又是干什么的?

我们必须学会重新醒来,
并且保持清醒,
不是用机械的手段,
而是永远不停地期待着黎明,
即使是在我们酣睡的时候,
黎明也不会抛弃我们。

我在哪里生活？我为什么生活？

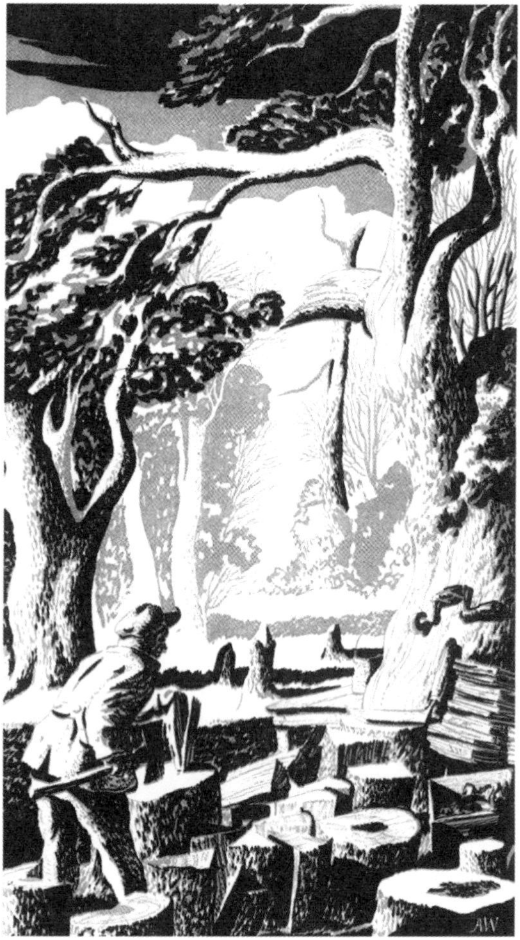

我们这样完全彻底谨小慎微地生活着，
敬畏我们的生命，
而否定了任何变化的可能性。
我们说，这是唯一的途径；
但是，
从圆心中能够画出多少条半径，
就有多少道生命的途径。

一个人如果有信仰，无论在什么地方，他都会与有同样信仰的人合作。

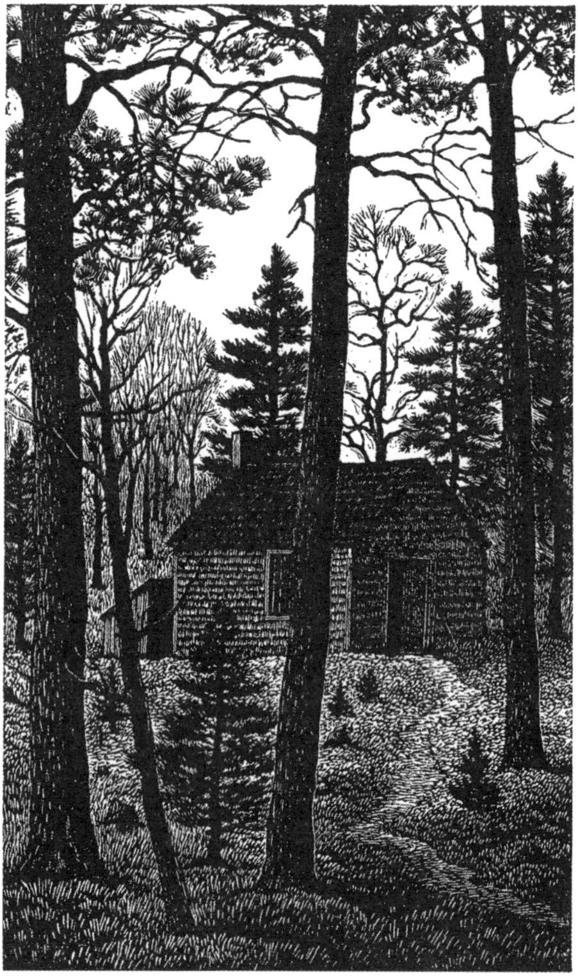

房子是居住其中的居民的外壳,
是居民的生活,
而不仅仅是房子外表的任何特异之处,
使得这些房子变得秀丽如画。

我们的生活都被耗费在细节上……简单，再简单。

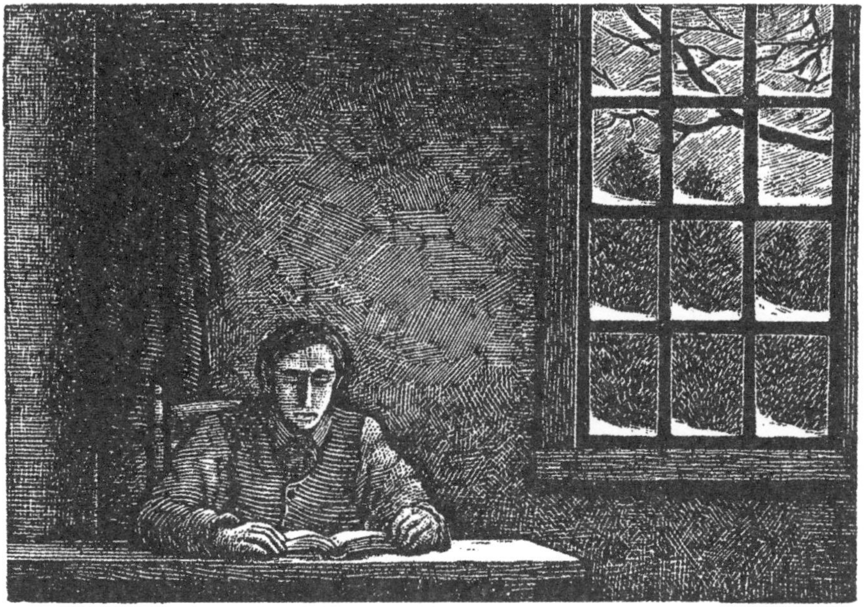

我发现,大多数时间一个人独处是有益于健康的。与人在一起,即使是与最好的人在一起,也很快会变得无聊和分神。

大多数人生活在绝望之中。人们所说的认命，就是真切的绝望。
从绝望之城走向绝望之国，你只好用水貂和麝鼠的勇敢来安慰自己。

只是在失去世界之后，我们才会开始发现我们自己，
才会认识到我们是谁，也才会认识到
我们和世界之间的关系是无限的。

人们交口称赞和认为成功的方式，只不过是生活中的一种。我们为什么要靠贬低别的成功方式，而夸大某一种成功方式呢？

我们能够爱的人,我们也能恨他们。
而其余的人,对我们则无关紧要。

城市,是一个几百万人一起孤独地生活的地方。

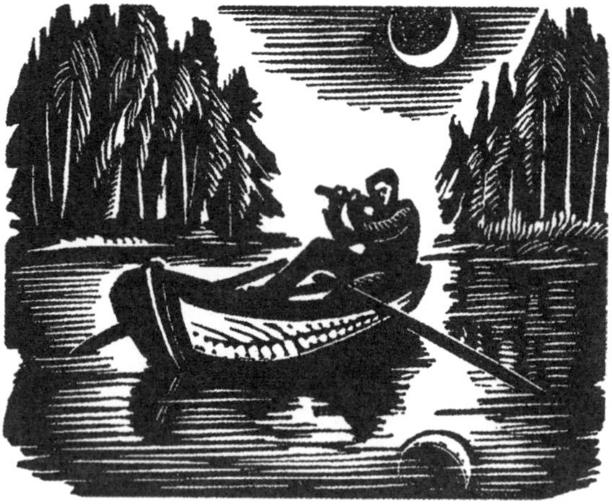

我并不比湖中狂笑的潜鸟更加孤独,
也不比瓦尔登湖本身更加孤独。

在宇宙各种华美的广厦之中，有那么多遥远和无穷多样的生灵在同一时刻凝望着同一颗星辰！大自然和人生，与我们的各种知觉一样纷呈多样。谁能说出生活给另一个人展示了什么样的景致？让我们彼此用对方的眼睛观察哪怕一瞬间，难道还有比这个更大的奇迹吗？

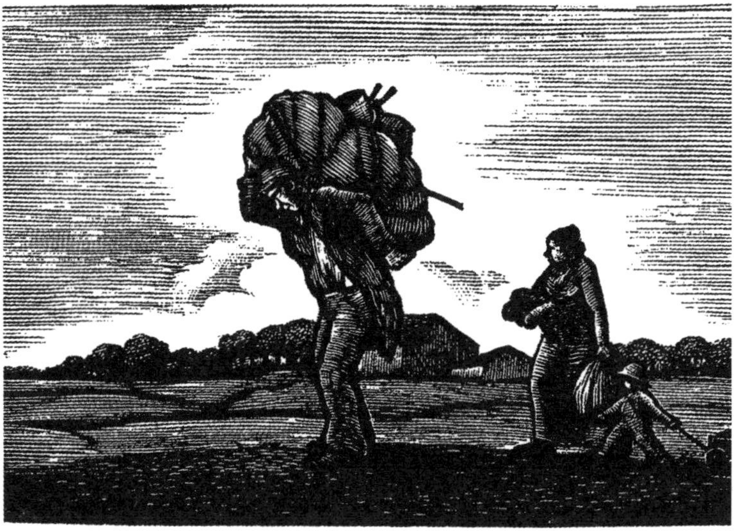

许多人钓了一辈子的鱼,却不知道他们钓鱼的目的并不是为了鱼。

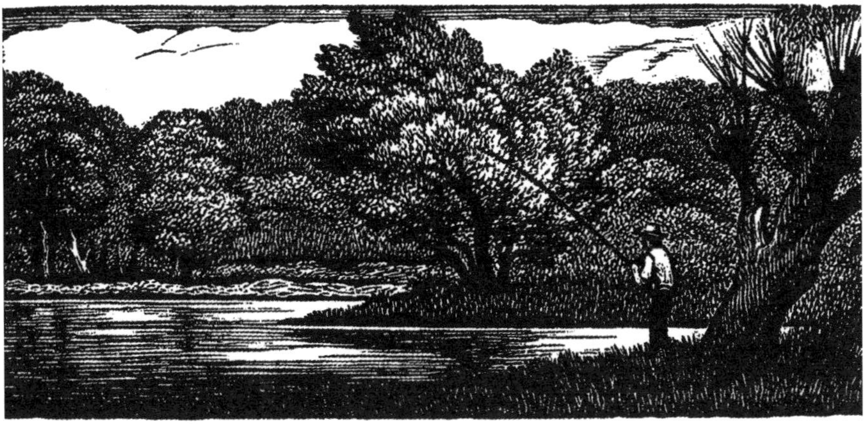

与他简化自己的生活成比例,宇宙的法则也会显得不那么复杂,
孤独不再是孤独,贫困不再是贫困,软弱也不再是软弱。

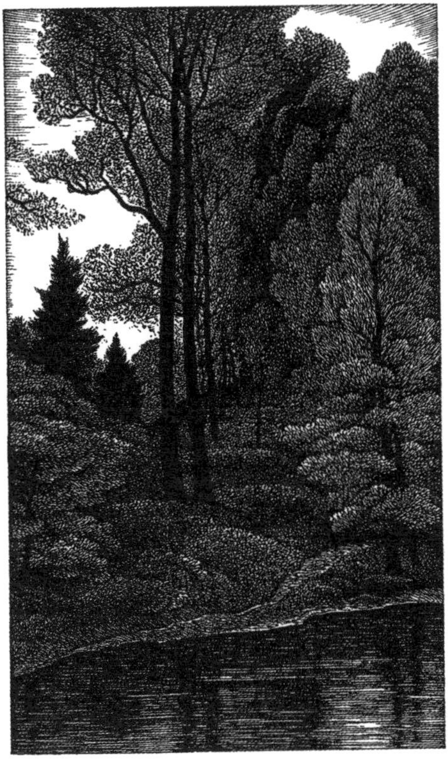

我们为什么要生活得这样匆忙,为什么要浪费生命?
我们尚未感到饥饿之前,就决心要挨饿。

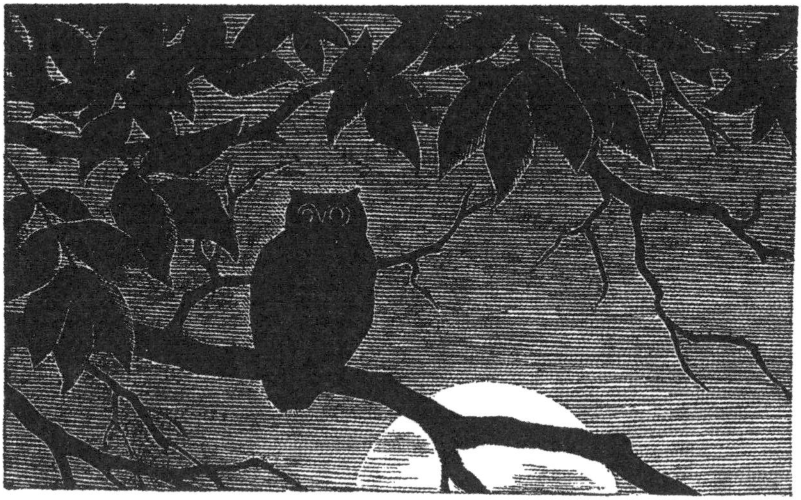

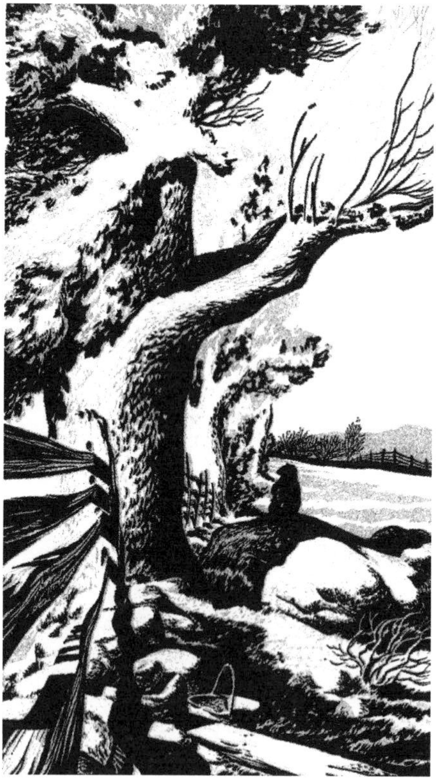

有些人只能从外面寻找乐趣，从社交和戏剧中寻找娱乐。和这些人相比，我的生活模式至少有一项优势，就是我的生活本身已经变成了我的娱乐，而且永远在不停地更新。

让我们像自然那样清醒地生活一天，
不要因落在道路上的一只坚果壳或蚊子的翅膀而脱离轨道。

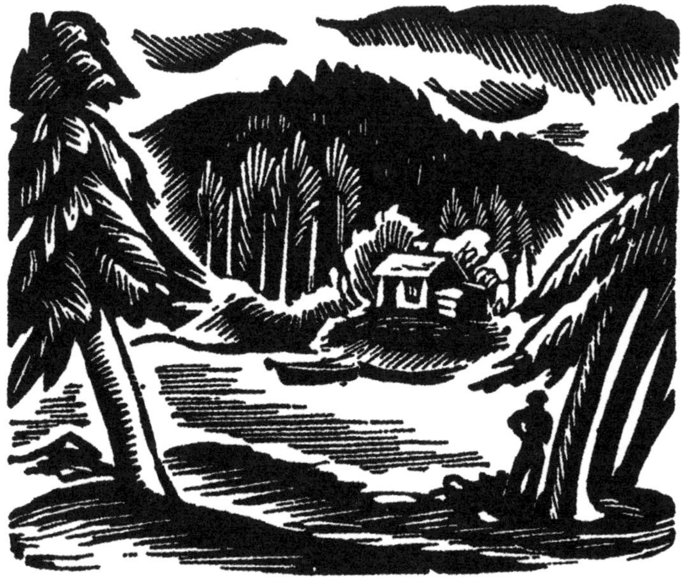

浅浅的溪水漂流而去，但永恒常驻。

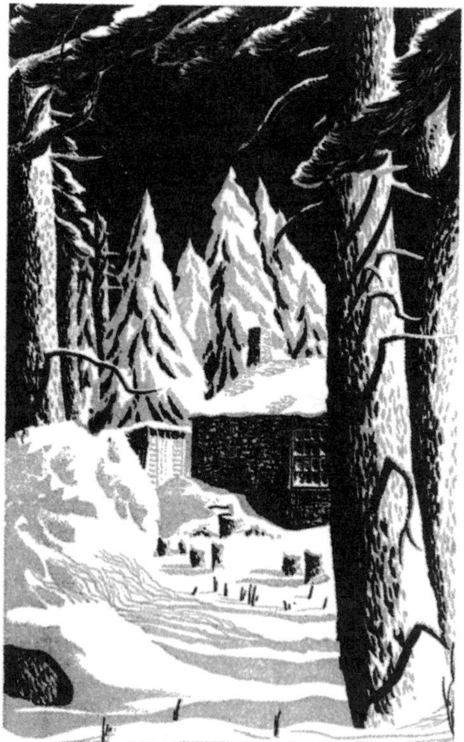

一个人如何看待自己，这才是决定或者反映他的命运的关键。

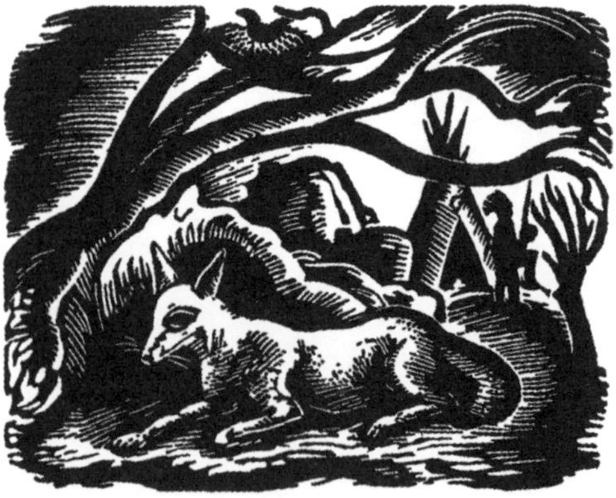

我们必须学会重新醒来,并且保持清醒,不是用机械的手段,而是永远不停地期待着黎明,即使是在我们酣睡的时候,黎明也不会抛弃我们。

图书在版编目（CIP）数据

《瓦尔登湖》艺术笔记 /（美）亨利·戴维·梭罗著；
杜先菊译. -- 北京：人民文学出版社，2017
ISBN 978-7-02-012862-4

Ⅰ.①瓦… Ⅱ.①亨… ②杜… Ⅲ.①散文集－美国－近代 Ⅳ.① I712.64

中国版本图书馆 CIP 数据核字 (2017) 第 110427 号

| 责任编辑 | 卜艳冰　尚飞　张玉贞 |
| 装帧设计 | 陈晔 |

出版发行	人民文学出版社
社　　址	北京市朝内大街 166 号
邮政编码	100705
网　　址	http://www.rw-cn.com
印　　刷	上海盛通时代印刷有限公司
经　　销	全国新华书店等
字　　数	7 千字
开　　本	890 毫米 ×1240 毫米 1/32
印　　张	6
版　　次	2017 年 8 月北京第 1 版
印　　次	2017 年 8 月第 1 次印刷
书　　号	978-7-02-012862-4
定　　价	68.00 元

如有印装质量问题，请与本社图书销售中心调换。电话：010-65233595